kuhaku no toki

Nishijima Kumiko

西嶋久美子句集

空白の時

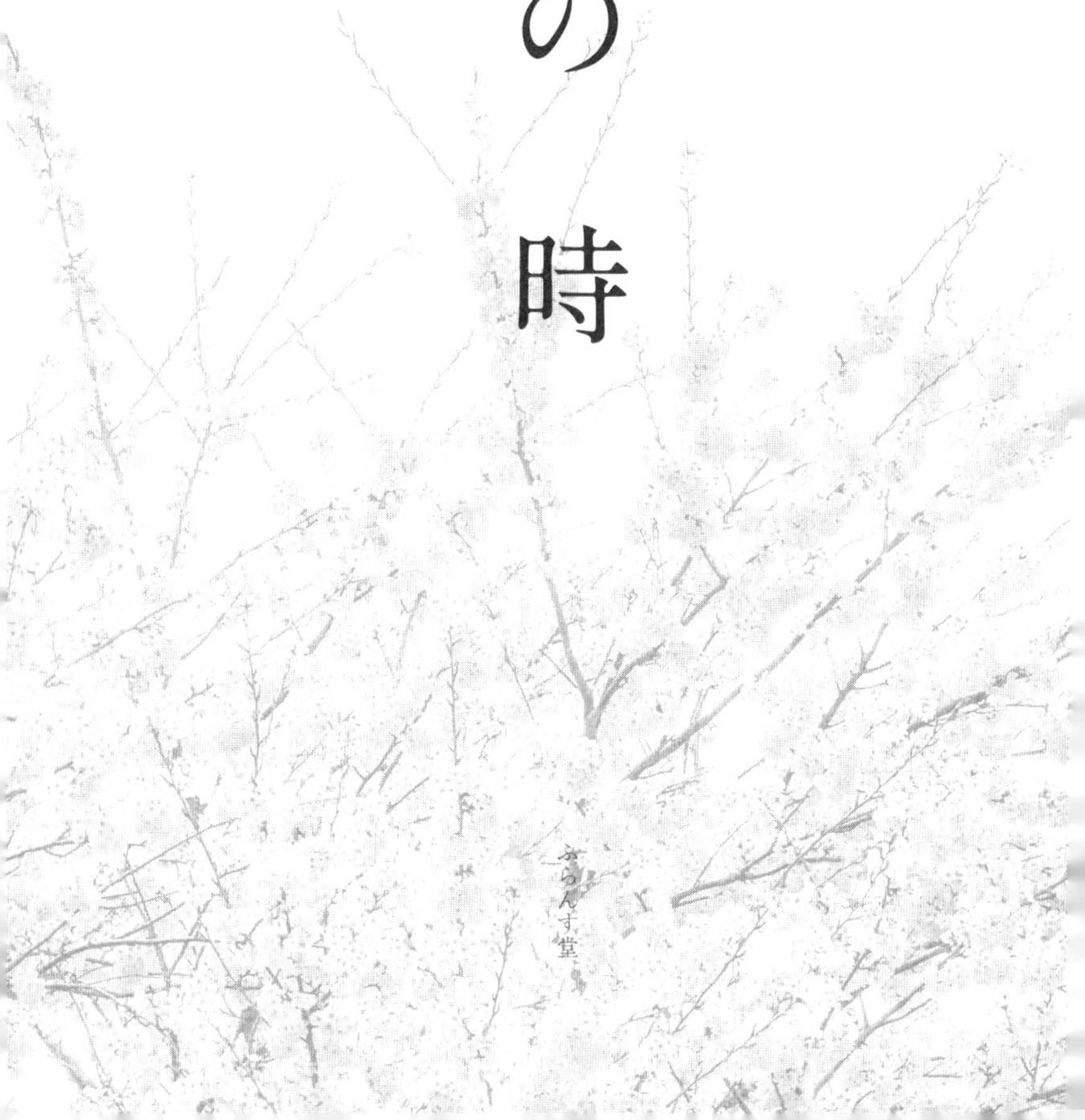

ふらんす堂

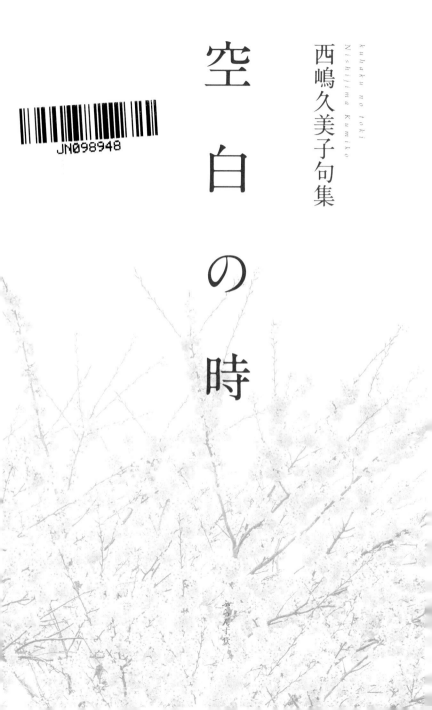

序

西嶋久美子さんとは、「鴫」の本部句会でお会いする以外はお目にかかる機会が少なかった。ときにきらりとした句を出されるが、たいへん控えめな方という印象が第一であった。その久美子さんから「句集を出したいのですが」というお電話をいただいたのは令和三年の初夏、コロナ禍に世界中が揺れている時。謙虚ながら熱意の籠った話し方にまず惹きつけられた。句集は誰よりも自分の宝、自らの希望で、出せるときに出すべきと、すぐ賛成した。

上梓に向けて何回か原稿その他のやりとりがあったが、回を重ねて久美子さんの来し方などをうかがううちに、物腰の柔かさ、落ち着いた考えなど、感心させられることが実に多い。久美子さんは長く小学校の教職に就かれ、教頭、校長を経て退職された方。なるほどと頷くばかりなのも当然かもしれない。

教卓に花束置かる卒業期

虹かかる授業終了五分前

などは、懐かしい教職時代の思い出の句であろう。

「子供たちの笑顔に支えられて職を務められました」と真摯に話す久美子さんは、

童心という、詩（句）を作るにあたって最も大切なものを持ち続けておられる。

独り占め月の兎がすべり台

短日や鍵穴探る「開けごま」

など、随所にその証の句が見られる。

ご夫婦そろって教職のご家庭はさぞお忙しかったであろうが、ご家族にも、穏やかな温かい目を配った句が多い。ことに学生時代からの友人であったご主人を詠んだ句は微笑ましくもあり、読む者の心を癒してくれる。

夫婦して子の土産なる風邪貰ふ

テレワークの夫と三時の柏餅

そして

黙食は父の教へや赤のまま

の句は、コロナ禍のなかから生まれた佳句。コロナ禍さえなかったら昨近は、おしゃべりしながら賑やかに食事をする家族が多かろうが、ひと昔前は「ごはんは黙ってきちんと食べなさい」と教えた父親も多かった。久美子さんの父上も、優しくも厳格な父性に満ちた方だったのだろう。素晴らしい父恋の句である。

衒いや狙いのまず見えない、穏やかで落ち着いた句柄が特長といえそうな久美子さんだが、ここで、その印象を覆すような、そして久美子さんの今後の作句の本領はそちらに向かうかとも思われるような、深い観察、透徹した感性の句をあげてみたい。

本音にも脚色のあり夕端居
引き返すことなきひとり芒原
紅葉谷魔女の住処か家二軒
岩砕く鰐の歯となる冬怒濤
灯火親し色褪せぬアンダーライン

山動くこともありしか枯葉踏む

句集名になった

空白の時綴るごと花吹雪

もこれらのうちの一句であろう。花吹雪のただなかにいるときの、すべてが空白——無になってゆくような、それでいて永遠が感じられるような不思議な感覚をとらえている。

まだまだお元気な久美子さんの今後のご活躍を祈ってやみません。

令和四年四月花吹雪のときに

髙橋　道子

空白の時＊目次

句集

空白の時

西嶋久美子

第一章　水　玉

平成二十五年～平成二十八年

七十二句

一様に見えて名のある春の草

登り来て風のやさしき梅大樹

妍競ひ向き合ふままに椿落つ

教卓に花束置かる卒業期

初花や足音消して声潜め

しゃぼん玉迷ひて一つ掌に

地下街の銀座の箸屋燕来る

水玉の傘に水玉春の旅

クレソンを岸に集めて水流る

凶の無きみくじ売場や春の風

注文の声重なりぬ桜餅

さんざめく幕間の予鈴春の宵

閉校や校歌歌ひて春暮れぬ

立ち止まり夫と仰ぎぬ藤の花

夏めくや消防訓練軽やかに

越え来たるトンネル七つ梅雨の村

梅雨上がる富士の裾野の米寿祝

腕組みて思案する振り浴衣の子

向日葵の視線はるかに雲流る

さりげなく高原ホテルの竹婦人

暑き日や喧嘩の元は生返事

何となく手筋見つめる昼寝覚

虹かかる授業終了五分前

炎天下両手塞がる帰り道

結論は急ぐこと無し百日紅

大夕焼山の御堂の千羽鶴

硯洗ふ児等の指先力あり

鯛やディナーの客といふやうに

墓洗ふ振り返らぬと決めてゐる

赤とんぼ山のうはさをあちこちに

渡し跡川守のごと曼珠沙華

野分過ぎ濁流に乗る白き雲

初恋や朱きカンナと碧き海

鯉の髭なぶりて行きぬ秋の風

庄内の稲の波分けコンバイン
定刻のカリヨン渡る秋の湖

障子洗ふ寿司屋店主の昼休み

秋澄めり移動交番開設中

無患子の無傷の青き実を拾ふ

栗の実の落つる音する無人駅

秋時雨一軒茶屋の早仕舞ひ
黄落期おとぎの国の馬車に乗る

名木の紅葉坂下門の列

修行僧のコーヒータイム初時雨

極月の肩出しドレス発表会

黒タイツ決めて園児の息白し

大安日指定し贈る室の花

病院の壁にサンタと折鶴と

悴める指先のまま焼香す

冬北斗落ちて来さうな通夜帰り

縄張りの無き水鳥の池広し

年末の簡単メニュー始まりぬ

寒鰤の半身大きな頭かな

割引券持ったつもりの年の暮

葉ぼたんの向きを直して玄関に

年の夜や夫渾身の蕎麦の味

夫婦して子の土産なる風邪貰ふ

白昼の隣車両の大嚔

湯上がりの美人となりぬ冬の宿

灯台と力くらべの冬怒濤

狼の声さながらに読み聞かせ

深深と熊の親子の眠る里

ふるさとの味濃きうどん雪の夜

眉太く国道睨む雪だるま

ソーラーのパネルに変はる葱畑

枯葉積む人形眠る異人館

初詣参道狭む山武杉

撫で肩の夫と息子や屠蘇祝ふ

墨の香の広がる部屋の年始め

獅子舞に頭差し出す翁居て

飴一つに肩肘ゆるむ初句会

片言の姉となる子や春を待つ

第二章　花サラダ

平成二十九年〜平成三十一年

百八句

早春の風の尖りを胸に受く

茜空相模の国の梅真白

梅林やフラッシュバックの幼き日

寒明けるスコアボードの擦れ文字

剪定や鋏の会話師と弟子と

近付きて離れて香る沈丁花

歌ひつつ幼き姉妹雛飾る

朝夕に雛に挨拶園児帽

啓蟄の海老天跳ぬる小丼

身幅越す証書抱きぬ卒園児

三歳のあぎと凜凜しき入園児

乗継ぎのタイミング良き四月来る

五箇国語の表示春めく湖西線

スキップも英語もできる一年生

花ミモザ九九完璧なのと弾む声

皆勤賞何より嬉し進級す

霾天の帳の先の光る海

美人の湯此処にも在りぬ山笑ふ

みどりごの頬花の色花の下
凛として風受け流す御所桜

夜桜や光集めて闇に浮く

蒲公英の蘂連れて入る「入徳門」

駆け上がる神馬の蹄風光る

流木の人魚となりぬ春の浜

里の春忍者の並ぶ人気店

百年のワインセラーや春の闇

春の風纏れし糸を解きゆく
駿河より渋滞抜けて桜えび

大皿に波音と盛る初鰹

寸胴のシンプルグラス夏仕様

長生きの家系と伝ふこどもの日

声通る女船頭桐の花

嬰児の指の先まで新樹光

麦の波竜渡るごと光りけり

クレマチスうなづき合ひて内緒ごと

ハイウエイ飛び込んでくる五月富士

えごの花刻印著き出土品

一八やアンドロイドの大音声

天平の免震構造著莪の花

石好む詩人の舘夏木立

不機嫌を雨の所為にし捩れ花

成行きを楽しむやうに日日花

鎌倉の魔界への径七変化
くちなしや言ひたきことを忘れさう

天網の解れなき空風薫る

光堂厳かに梅雨始まれり

走り梅雨合掌村の影絵芝居

梅雨晴やランチコースの花サラダ

梅雨の蝶影を残して横切りぬ

山法師旅行くほどに打ち解けて

路線バス白き素足の黄サンダル

黄昏るる象潟の海合歓の花

百合一輪岩屋の奥の不動尊

本音にも脚色のあり夕端居

児等の声攫うて行きぬ土用波

退勤時ビジネス街の祭笛

一枚の書かず了ひの夏見舞

浦島の煙飲み込む夏の海

ジャカルタのコーヒー甘し秋初め

涼新た門前町の味噌自慢

曼珠沙華見え隠れする「ごんぎつね」

街角の高札場跡秋夕焼

秋茜三百段の磴の上

エリアメール台風近きクラス会

台風過城主の像の涙跡

傾けて少し歪な林檎剝く

破蓮城門守る気概見せ

吾亦紅スカイツリーと並び立つ

風通る人声とほる薄道

人繋ぐ一本の道月渡る

独り占め月の兎がすべり台
お月さま七色なのと電話口

海見つめ未来見つめる青蜜柑

枯れ井戸の重石となりて榠樝の実

事多き生まれ月過ぐ夜半の月
引き返すことなきひとり芒原

潮風を耐へて色増す秋桜

出航の長き汽笛や秋の雲

先客が試食すすめる紅葉茶屋

紅葉谷魔女の住処か家二軒

仕舞日の菊人形の独り言

北塞ぐ甘さ控へのジャム香る

晴れ晴れと琵琶湖クルーズ冬はじめ

旧姓を呼び合ふ旅や小春の日

再会を祝す一夜の蕪蒸

地を天に変へたるごとき散紅葉

時雨るるや読経の烟る寂光院

大根を片手に古都の修道尼

大原の径半ばにて時雨傘

見えぬまで見送られけり冬の旅

岩砕く鰐の歯となる冬怒濤

九十九段の白き灯台寒夕焼

来し方の佳きこと掬ひ毛糸編む

窓越しに相槌を打つひめつばき

短日や鍵穴探る「開けごま」

蜜柑山白き船行く相模湾

寒晴や帆柱天に日本丸

小走りと大股歩き師走来る

煤逃げの大混み演歌コンサート

冬の夜の学びの証和算額

屋根に猫商店街の日脚伸ぶ

大空の始祖鳥と竜冬の旅

冬麗やハイジの村の時計台

鐘の音のいつしか止みぬ去年今年

観音の肩より覗く初景色

「佳きことのある度来て」と初観音

ざわめきの塊来たる成人日

鬼は外残り物なる福拾ふ

第三章　黙　食

令和元年〜令和三年

百四十二句

白梅の開く音する雨上がり

白梅や母の香いつも幽けくて

ランドセルお守り揺れて春動く

親株を離れにつこり蕗の薹

手に馴染む母の編針春兆す

啓蟄や津軽三味線響く駅

手際よき採血十本冴返る

北窓開く切つ掛けの赤ワイン

みちのくの始めの一歩柳の芽

朧夜や遺品の磁石針は北

風吠ゆる辛夷の蕾たぢろがず

山寺の背戸燃ゆるごと落椿

母に似る頬骨の張り官女雛

いつの間にか向き合ひてをり内裏雛

卒業式ピアノに映る袴形

花時の水脈の翳りの深まりぬ

ベビーカー十台並ぶ花筵
一本の桜と語り日が暮れる

八方の光反して春の海

あやしくも魔法の響き桜貝

千年の暮しを縒れり糸桜

人は皆憂ひをひとつ花衣

花の下ポーズまちまち家族写真

このこともいつか思ひ出朧月

城跡は母校のあと地桜散る

白菫辿ればそこは隠れ里

夕暮れの園庭の子等つくしんぼ

さよならを奪ひて往きぬ春疾風

門迎へ紋白蝶も加はりぬ

記念日の笑み撮り合ひて春惜しむ

葉を揺らし働蜂の朝早し

働き方休憩なしのつばくらめ

菜の花の向かうに母の住処あり

養花天霞ヶ浦の長き橋

空白の時綴るごと花吹雪

桜蘂ふるテニスコートの静寂かな

潮風に揺るぐ事なき松の芯

仏像の俯く角度夏近し

口開けて笑へば春の表情筋
変りなきと声風合はせ春かなし

テレワークの夫と三時の柏餅
若楓影移ろひて重なりて

山武杉高さ揃へて夏に入る

百葉の風に向き合ふ鯉のぼり

右足を踏み出すしぐさ武者人形

夏来たる塩釜焼きを打ち砕く

一輪の梔子薫る金婚日

時忘れ夏鶯の話聞く

実桜のひそかに熟るる丘に立つ

好き嫌ひ母似と気付く花柘榴

大釜の滾る蕎麦屋や半夏生

いつか来るさういふ日来る梅雨の月

時戻す鍵を無くせり不如帰

松風の涼しき音や渡し跡

ごめんねと言はぬ二人やソーダ水

江ノ島の香りは今も海酸漿

魔除けとふ赤き風鈴鳴る夕べ

道をしへ尊徳像の肩の辺に

非日常何時か日常夏のれん
積もり行く過去の如くやかき氷

海風に朽ちたる社蟬の穴
滴りの斑に光る切通し

一本の鉛筆尖る夏の朝

夏椿夕陽を連れて落ちにけり

短夜やペーパーレスの世は進む

暑中見舞2Bの文字迫り来る

追熟の頃合良しとメロン切る

うち揃ひ風上を向く鵜のコロニー

学生証の笑顔就活の夏
一秒の重きを悟る桐の秋

立ち上がり風待ち顔の蘭の花

アボカドの種子撫でてみる盆休み

白桃や嬰の頭の重さほど
つまべにの種飛ぶ構へ閑かなり

黙食は父の教へや赤のまま

処暑なれば誕生祝のペンダント

上出来を不出来と応ふ今年米
秋の風石燈籠の辺りから

蒲の絮風の形に解れをり

突き放すことも労り濃竜胆

連合ひとペアのジーンズ花野ゆく

秋霖や個人情報破り棄つ

争はぬ百万本の秋桜

コスモスの国の入口「どこでもドア」

月待ちの思ひ出の曲ドビュッシー

観音を丸ごと濡らす月今宵

二人して唯黙し居り良夜かな

聞き返しの問ひ聞き返す秋日影

胸の棘抜け落ちてをり秋の朝

天高し一歩も引かぬ古書店主

難遁る鶫の子一羽飛び立ちぬ

静心ころころ回る木の実独楽

義経の眸遥けし菊人形

鈴懸の銀のすずの鳴る星月夜

瑞祥の秋虹立てり夫叙勲

三つ紋の色留袖や菊日和

秋の蝶平河門の鋲の錆

紅葉山大吊橋に立往生

終点は一両となり夕紅葉

皮剝きは夫の役なり栗御強

夫の味父の味なりとろろ汁

学び舎の机上に二つ山胡桃

灯火親し色褪せぬアンダーライン

貸農園一日ひとりの冬用意

何時の世か化石とならむ銀杏散る

行く秋の想ひは還るカプチーノ

胸奥に鎮もる小石冬に入る

真直ぐに伸びゆく木立七五三

一葉忌プラス思考に舵をきる

休日の釣りては放す小春空

日めくりを三日まとめて神の留守

何時からか夫と焼芋半分こ

宇宙食てふ小さき羊羹冬の月

木の葉散る喪中はがきの届く午後

冬ざれや空席置きて偲ぶ茶事

極月の豚汁サービス道の駅

南中のオリオン光る黙示録

思ふ儘切り口天に冬木立つ

山動くこともありしか枯葉踏む

凍て風や縦一列の登校児

歳末のガラポン四等ボールペン

胸奥を一日一顧年用意

忙しなく再会約す年の暮

雪催地蔵通りの大福屋

鮟鱇鍋代り番この鍋奉行

鹿島灘臨む鳥居や寒落暉

風紋に足跡沈む冬の浜

冬うらら夫の試作のパンケーキ

留守番の赤き目玉の雪うさぎ

訳ありて始発電車の雪女郎

北向きて二羽の白鳥残る沼

同じ顔おなじ向きなる残り鷺

虎落笛荒野呻吟ふオフィーリア

天地に百万遍の除夜の鐘

初日の出雲突き破る日矢五色

初日記先づは嬉しきことを書く

教へ子の恙無き日日年賀状

文鎮を徐に置く年新た

宿題の書初め手にも柱にも

普段着のままにもてなす三が日

松過ぎの脈絡のなき時愛しむ

打出の小槌追儺の鬼の忘れ物

あとがき

母の死の枕辺に句集が置かれていた。百歳の前に上梓した祖父の第二句集だった。

定年退職後、この句集を読み終えた時、祖父の温かい笑顔と幼い頃の私の姿が一瞬にして甦った。母の想いが心に滲みた。

生きた証として句集を残したいという思いが心の奥に芽生えた。

空 白 の 時 綴 る ご と 花 吹 雪

令和三年「鴫」四月例会で髙橋道子代表の特選一句に選んでいただいた。

今まで意識していなかった「空白の時」を改めて思い、生きることへの感謝と賛歌を伝えたいと思った。

そして、このことをきっかけに句集上梓を心に決めた。

「句はその人にとって宝物のようなものなのだから」と、励まして下さった高橋道子代表のお言葉に支えられ、上梓に向けて前向きに取り組むことができた。

句集名は、前出の句より「空白の時」とした。

上梓に当たり、高橋道子前代表には、句集原稿を詳しく見ていただき、選句の労をお執りいただき、身に余る「序」をいただきました。

心より御礼申し上げます。

前代表から学ばせていただいた「俳句とは、人間性を磨くこと」を胸に一歩ずつ精進を続けて参ります。

ふらんす堂の皆様には、編集等に細かくご配慮をいただき、感謝申し上げます。

令和四年五月

西嶋　久美子

著者略歴

西嶋久美子（にしじま・くみこ）

昭和18年　神奈川県横浜市生まれ

平成25年　鴫柏支部句会　入会

平成27年　鴫俳句会　入会

平成30年　鴫俳句会　同人

俳人協会　会員

現住所　〒277-0005　千葉県柏市柏7-8-16

句集　空白の時　くうはくのとき
二〇二二年八月二六日　初版発行
著　者――西嶋久美子
発行人――山岡喜美子
発行所――ふらんす堂
〒182-0002 東京都調布市仙川町一―一五―三八―二F
電　話――〇三（三三二六）九〇六一　ＦＡＸ〇三（三三二六）六九一九
ホームページ http://furansudo.com/　E-mail info@furansudo.com
振　替――〇〇一七〇―一―一八四一七三
装　幀――和　兎
印刷所――明誠企画㈱
製本所――㈱松　岳　社
定　価――本体二八〇〇円＋税
ISBN978-4-7814-1481-1 C0092 ¥2800E